AUGUSTINE ET BENJAMIN,

OU

LE SARGINES DE VILLAGE,

OPÉRA-COMIQUE.

AUGUSTINE ET BENJAMIN,

OU

LE SARGINES DE VILLAGE,

OPÉRA-COMIQUE,

EN UN ACTE.

Paroles des citoyens BERNARD - VALVILLE
et EUGÈNE HUS.

Musique du citoyen BRUNI.

Représentée, pour la première fois, à Paris, sur le théâtre
Feydeau, le 13 brumaire an 9.

———

A PARIS,

Chez { HUET, Libraire, rue Vivienne, N.º 8.
{ CHARON, Libraire, passage Feydeau.

———

AN IX.

MATHIEU , fermier. Bourru bienfaisant. C.^{en} VALLIÈR

GENEVIEVE , sa femme. Bonne mère.   Mlle DESBROSS

BENJAMIN , leur fils. Personnage timide
et très-ingénu.   C.^{en} LESAGE.

BÉABA , maître d'école. Pédant, ivrogne ,
mais brave homme.   C.^{en} GEORGET

AUGUSTINE , sa nièce. Candeur ,
naïveté, esprit naturel.   Mlle LATOUR.

CATHERINE, vieille servante. Sourde. Mme AUVRAY.

La scène se passe dans un village , devant maison de Mathieu.

Il est à-peu-pres huit heures du matin.

LE SARGINES DE VILLAGE,

OPÉRA-COMIQUE.

Le Théâtre représente un hameau ; à droite du spectateur, la maison de Mathieu, une tonnelle devant la porte ; à gauche, vis-à-vis, un banc ombragé de quelques arbustes ; au fond, une colline agréable, sur laquelle on apperçoit, tout à fait dans le coin, à gauche, la maison du maître d'école ; des arbres sont plantés çà et là sur le Théâtre.

SCÈNE PREMIÈRE.

CATHERINE, *épluchant une salade devant la porte de Mathieu.*

A H ! bon dieu ! bon dieu ! que de peines !... depuis trente ans que j'sommes dans ste maison !... Heureusement, j'avons de bons maîtres !... M. Mathieu est un peu brusque, à la vérité, brutal même queuque fois... mais brave homme ! Geneviève, sa femme, la plus tendre des mères ! charitable !... sensible !... et leur fils ?... mon pauvre Benjamin !... c'est stilà qu'est aimable !... Queu dommage que son père le traite si rudement !... un bijou !... un vrai bijou !... que j'ons nourri, que j'ons élevé ; qu'a de l'esprit, de l'esprit... comme un lutin !... et un cœur... oh ! un cœur ! Je sommes ben malheureuse d'être sourde ! j'ne pouvons entendre toutes les jolies choses qu'il me dit... Ah ! mon dieu ! mon dieu !

Mathieu, dans la maison, appelle une fois Catherine.

COUPLETS.

Je n'entends pas... Je n'entends pas...
C'est un bien grand malheur, sans doute !...
Qu'arrive-t-il en pareil cas ?...
Qu'aux portes jamais je n'écoute.
Mais quand le pauvre tend la main,
Alors mon cœur entend de reste ;
Et je devinons à son geste,
Qu'il lui faut un morceau de pain.

A

Mathieu , dans la maison , appelle deux fois Catherine.

> Je n'entends pas... Je n'entends pas...
> C'est, queuque fois, un avantage :
> Qu'arrive-t-il en pareil cas ?...
> Que je suis sourde au bavardage.
> Mais quand l'indigent sans appui ,
> Vient réclamer mon assistance ,
> D'l'aider, si j'n'avons la puissance ,
> Du moins je pleurons avec lui ! ,

Mathieu appelle Catherine pour la troisième fois.

Allons , tout va bien !... Personne n'appelle... Je pouvons aller faire un petit brin de conversation avec la voisine Léonarde. (*Elle va pour sortir.*)

SCÈNE II.

CATHERINE, MATHIEU.

MATHIEU, *sortant de chez lui avec humeur.*

Eh ben, Catherine , serez - vous bientôt lasse de me faire égosiller ? Depuis un heure que j'appelle !

CATHERINE, *avec flegme , en se retournant.*
Ah ! on appelle ?

MATHIEU.
Depuis une heure ! Allez... (*Il lui indique la maison.*)

CATHERINE , *à part , en allant pour rentrer.*
Je remettrai ma visite à tantôt.

MATHIEU, *toujours avec humeur.*
Maudite sourde !

CATHERINE , *revenant sur ses pas.*
Monsieur Mathieu ?

MATHIEU.
Quoi ?

CATHERINE.
Vous êtes un brave homme...

MATHIEU.

C'est bon.

CATHERINE.

Le meilleur homme du monde !

MATHIEU, *brusquement.*

C'est bon , c'est bon !

CATHERINE.

J'ai un petit service à vous demander.

MATHIEU, *changeant de ton.*

Parle , ma pauvre Catherine... Parle... Aurais-tu besoin...
(*Il porte la main au gousset.*)

CATHERINE.

Ce n'est pas de l'argent que je demande ; grâce à vos bontés,
je ne manquons de rien.

MATHIEU, *reprenant le ton brusque.*

Eh bien ! que veux-tu donc ?

CATHERINE.

Vous aimez mon Benjamin ?...

MATHIEU.

Oui , oui.

CATHERINE, *criant à l'oreille de Mathieu.*
Pas vrai que vous l'aimez ben ?

MATHIEU.

Eh! oui , te dis-je.

CATHERINE.

C'est un sujet...

MATHIEU, *avec ironie.*

Charmant !

CATHERINE.

Qui fait des progrès...

MATHIEU, *de même.*

Incroyables !

CATHERINE.

Il m'a répété, ce matin, sa leçon, sans faire une seule faute.

MATHIEU.

Elle est bien en état d'en juger !

CATHERINE.

Ne le traitez pas si sévèrement !...

MATHIEU.

Ne va-t-elle pas m'enseigner mon devoir ?

CATHERINE.

Il ne mérite pas !...

MATHIEU.

Ce ne sont pas tes affaires ; rentre.

CATHERINE.

J'allons vers not'maîtresse.

MATHIEU.

Bien.

CATHARINE, *revenant.*

Je ne voulons pas la faire attendre.

MATHIEU.

Va donc.

CATHERINE, *revenant encore.*

J'en serions ben fâchée !

MATHIEU, *impatienté.*

Oh ! morbleu ! rentreras-tu ?

CATHERINE, *lui faisant une révérence.*

Je rentre, M. Mathieu, je rentre. (*Elle rentre.*)

SCÈNE III.

MATHIEU, *seul.*

La pauvre fille !.... elle a élevé mon fils... Je ne saurais la blâmer de son attachement. Et moi aussi, j'aime Benjamin...

j'm'emporte queúque fois , mais je me sacrifierais pour lui ! Que puis-je faire de plus ?... je lui donnons un maître d'école... le plus habile homme de tout le canton !... temps perdu : il n'en profite pas davantage. J'avions en vue une charge superbe !... stelle-là de mon pauvre frère le tabellion ... mais le moyen de la lui confier? Oh ! Geneviève a beau dire : ce garçon-là ne me fera jamais honneur. J'en pleurerions queuque fois de cha-grin !... Et si ce n'était la petite consolation de notre âge !.... Eh ben ! ma femme ne prétend - elle pas encore me contrarier là-dessus ?... J'voulons ben la laisser gouverner , régler toute chose dans la maison , agir à sa guise ; mais son empire s'arrête... à la porte de la cave.

COUPLETS.

Lorsque Noé planta la vigne ,
Il savait bien ce qu'il faisait ;
Moi, je bois pour me rendre digne
Du bienfaiteur et du bienfait.
Sans aucun regret j'abandonne
Rose si chère à nos amans...
Je préférons l'fruit de l'automne
A toutes les fleurs du printems.

Lorsque Noé planta la vigne, etc.

On dit par-tout, dans ce village,
Que je suis emporté , bourru :
Je le serais ben davantage,
Buvant du vin d'un mauvais crû.
L'amour leger bientôt s'envole ,
C'est l'image du papillon ;
Heureux celui qui se console
En vidant gaîment le flacon !

Lorsque Noé planta la vigne , etc.

SCENE IV.

MATHIEU, BÉABA.

BÉABA, *en pointe de vin , entrant sur le refrain du dernier couplet , et très-gaîment.*

FORT bien , M. Mathieu , fort bien !

MATHIEU.

Ah ! c'est vous, voisin ?

BÉABA.

Moi-même. J'abandonne un instant mon école pour...

MATHIEU.

Enchanté de vous voir, M. Béaba !

BÉABA.

Comment diable ! vous me paraissez bien joyeux ce matin ?

MATHIEU.

Je chantais le vin, mon ami.

BÉABA.

Vous chantiez le vin ? (*gravement.*) Votre gaîté ne m'étonne plus.

MATHIEU.

Peut-on savoir...

BÉABA.

Je venais vous parler de votre Benjamin.

MATHIEU, *brusquement.*

Dites celui de ma femme ! Vous allez me donner de l'humeur.

BÉABA.

Il m'en donne aussi, parbleu !.... Certaine familiarité avec ma petite nièce...

MATHIEU.

Avec votre petite nièce ?

BÉABA.

Oui, c'est elle qui lui fait réciter ses leçons ; et si je n'y prenais garde...

MATHIEU.

Vous faites très-bien ! vous faites très-bien !

BÉABA.

Votre fils ne saurait lui convenir.

MATHIEU.

En aucune manière ; en aucune manière. Allons, mettez-vous-là, nous déjeunerons.

B é a b a, *avec réserve.*

Impossible !

M á t h i e u.

D'où vient ?

B é a b a.

J'ai ma classe à faire.

M a t h i e u.

Bah ! bah ! vos écoliers...

B é a b a.

Je ne dois pas les faire attendre.

M a t h i e u.

Un moment de plus ou de moins.

B é a b a.

Je suis esclave de mes devoirs. (*Il va pour sortir.*)

M a t h i e u.

J'ai percé ce matin...

B é a b a, *se retournant tout-à-coup.*

Plaît-il ?

M a t h i e u.

Certain tonneau....

B é a b a.

Ah ! ah !

M a t h i e u.

De vin vieux.

B é a b a, *revenant vivement sur ses pas.*

Je reste, mon ami, je reste.

S C È N E   V.

MATHIEU, BÉABA, CATHERINE, *qui revient pour prendre son panier quelle a laissé sous la tonnelle.*

M a t h i e u, *voyant entrer Catherine.*

Eh ! justement !... (*Il appelle.*) Catherine ? *Il indique l'action de boire.*)

CATHERINE.

J'entends..... (*Elle désigne du doigt une bouteille.*) Une bouteille.

MATHIEU.

Eh ! non ! deux.

BÉABA , *vivement à Catherine.*

Un instant .. un instant... (*à Mathieu.*) Il est bon ? (*à Catherine en levant trois doigts.*) Trois.

CATHERINE , *avec humeur.*

Oh ! sans doute... toute la cave ! (*Elle rentre.*)

SCENE VI.

MATHIEU, BÉABA.

MATHIEU , *approchant la table.*

ALLONS , voisin , aidez-moi.

BÉABA , *lui aidant.*

Vous avez des manières si engageantes, M. Mathieu, que...

MATHIEU.

Vous aurez tout le temps de vaquer à vos affaires.

BÉABA.

Mes écoliers sont autant de petits diables ! Quand je n'y suis point , c'est un train... un train !...

(*Catherine rentre avec une bouteille , du pain , quelques fruits et pose le tout sur la table.*)

CATHERINE.

Tenez , voilà....

BÉABA , *fixant la bouteille.*

Rien qu'une ! On voit bien que cette femme est sourde.

CATHERINE , *à part , en rentrant.*

Le vilain homme ! hum !

MATHIEU , *invitant Béaba à s'asseoir.*

Après vous , s'il vous plaît.

B É A B A.

n'en ferai rien.

M A T H I E U.

moi.

B É A B A, *s'assied gravement.*

: obéissance.

M A T H I E U, *après avoir rempli les verres.*

votre santé.

B É A B A, *trinquant.*

tout mon cœur !... (*Ils boivent.*)

M A T H I E U.

ben ! qu'en dites-vous ?

B É A B A.

cellent !... délicieux !... c'est du nectar !

M A T H I E U.

us devez être à votre aise, M. Béaba ?... depuis le temps
vous professez !

B É A B A, *avec importance.*

[ais... je ne suis pas mal ; des écoliers à 1 franc 50 centi-
, par mois... Ça ne laisse pas que dè... J'en ai dix-huit.

M A T H I E U.

vous en fais mon compliment.

B É A B A.

en sensible !... Je serais plus riche, encore, si tout ce que
a'appartenait.

M A T H I E U.

omment ?

B É A B A.

est un mystère !... mais, je n'ai rien de caché pour mes
. (*Avec onfidence.*) Vous connaissiez ce brave homme...
e protecteur à tous !... M. de Valmont... qu'une mal-
euse circonstance força de s'expatrier...

M A T H I E U.

ui, oui, je sais cela... Eh bien ?

BÉABA.

En nous quittant, il me laissa certaine cassette renfermant
une certaine somme... C'est un dépôt !

MATHIEU.

Il est en bonnes mains.

BÉABA.

Oh ! j'espère bien à son retour.......... Son souvenir est là !
(*touchant son cœur.*) A sa santé !

MATHIEU, *choquant le verre.*

A la santé de ce brave , de ce digne homme !...

BÉABA.

Malheur à qui trahit la confiance des infortunés !

MATHIEU.

Oui , malheur aux ingrats !... Tout le village lui a de si
grandes obligations !...

BÉABA.

Je lui dois mon état : c'est lui qui a fourni aux frais de mon
éducation ; qui a développé le germe de toutes mes connais-
sances ! Sans lui , je serais , peut-être , encore ignoré , peut-
être même un ignorant , un... et vous voyez ce que je suis. (*Il
prend la bouteille.*)

MATHIEU.

C'est clair.

BÉABA.

La bouteille est vide.

MATHIEU, *appelant.*

Catherine ?

D U O.

BÉABA.

Buvons , buvons ; mon cher compère ,
Buvons encor , le vin est bon.
Si d'autres perdent la raison ,
Moi, je la trouve au fond du verre.

MATHIEU.

Buvons , buvons , mon cher compère ,
Le plaisir est au fond du verre !

(*Il appelle.*)
Catherine ?

BÉABA.

Vraiment, ce vin est excellent !
Je vous en fais mon compliment,
Sincèrement, sincèrement.

MATHIEU.

Voisin, nous en boirons souvent.

BÉABA.

J'en serai très-flatté, vraiment.

MATHIEU, *appelle.*

Catherine ?

BÉABA.

La vieille fait la sourde oreille,
Pour ménager une bouteille.

MATHIEU.

Oh ! nous boirons encor bouteille ;
J'y compte bien assurément.

BÉABA.

J'y compte bien assurément.

(*Ils appellent ensemble et de toutes leurs forces.*)
Catherine ? Catherine ?

SCÈNE VII.

LES PRÉCÉDENS, GENEVIEVE.

(*Le duo finit en* trio.)

GENEVIEVE, *sortant de la maison.*
Eh bien ! quel est donc ce tapage ?

MATHIEU.

Fais nous venir encor du vin.

GENEVIEVE.

Doit-on s'enivrer si matin ?
Vous ne boirez pas davantage.

MATHIEU, *tristement à Béaba.*
Mon cher ami ?

Béaba, *à Mathieu.*

Mon cher voisin ?

Mathieu, *se levant.*

Nous n'en boirons pas davantage.

Béaba.

Assurément, c'est grand dommage
De n'en pas boire davantage !

Genevieve, *à Béaba.*

Voyez, voyez pour un savant,
Le bel exemple qu'il nous donne !

Béaba.

Madame, si j'ai du talent,
C'est le bon vin qui me le donne.

Mathieu.

Moi, si j'ai du contentement,
C'est le bon vin qui me le donne.

Genevieve.

Non, non, vous n'aurez plus de vin,
Doit-on s'enivrer si matin ?

Ensemble.

Béaba.

La voisine n'est pas si bonne !
Et je la sollicite en vain.

Mathieu.

Vraiment elle n'est pas si bonne !
Nous la sollicitons en vain.

Genevieve.

Non, non, je ne suis pas si bonne !
Vous me sollicitez en vain.

Béaba.

Puisqu'il en est ainsi, compère, adieu donc ; je vais ouvrir
ma classe.

Genevieve, *à part.*

Il fera de belle besogne !

BÉABA.

Mais , auparavant , je ne ferais pas mal d'aller rendre visite aux parens de mes disciples. C'est aujourd'hui mon jour de recette ; de plus , c'est demain la saint Grégoire...

MATHIEU.

Votre fête , je crois ?

BÉABA, *gaîment.*

Oui , je suis bien aise de la célébrer. Eh ! eh ! eh !

GENEVIEVE , *à part.*

Il s'y prend de bonne heure !

MATHIEU.

Je vais aussi dans le village pour affaire ; si vous voulez , voisin, je vous accompagnerai.

BÉABA.

Eh ! non , non ce n'est pas la peine ; en deux pas j'y suis. (*Revenant sur ses pas , et saluant gravement madame Mat-thieu.*) Madame Mathieu , j'ai bien l'honneur.... (*à part.*) Cette femme est difficile à vivre. (*Il sort avec Mathieu.*)

SCENE VIII.

GENEVIEVE , *seule.*

VLA, pourtant , l'instituteur de mon Benjamin !... Je ne m'étonne plus si ct'enfant fait aussi peu de progrès !... Le moyen ? avec un ivrogne !... Notre homme en prend , du moins, un peu plus modérément ; et s'il traitait not fieu avec moins d'aigreur , je lui pardonnerions , volontiers, de boire de temps en temps la petite goutte. Mais il est si brusque ! si brusque !... Pourquoi donc les pères n'avont-ils pas la même sensibilité que nous ?

ARIETTE.

Soit faiblesse ,
Soit tendresse ,
Une mère pour son enfant
A toujours plus d'attachement.
Par la crainte ,
La contrainte ,
On peut bien se faire obéir ;
Mais la bonté se fait chérir.
Benjamin à son père
N'a pas le don de plaire :
On le dit
Sans esprit ;
Mais il aime sa mère...
Son amour me suffit.
La fauvette,
Inquiette
Pour ses petits,
Les trouve tous jolis ;
Peut - il être sur la terre
Des plaisirs plus doux, plus grands
Que ceux d'une tendre mère
Qui caresse ses enfans !
Soit faiblesse , etc.

(*Voyant entrer Benjamin.*)

Eh ! le voici !

SCÈNE IX.

GENEVIEVE, BENJAMIN, *tenant sous son bras gauche un nid qu'il couvre avec son chapeau.*)

BENJAMIN, *avec un soupir prolongé , et exprimant de la satisfaction.*

Me v'là ! ma mère.

GENEVIEVE.

Pauvre ami ! comme il a chaud ! (*Elle lui essuie le visage.*)

BENJAMIN.

C'est que j'avons couru pour la commission que...

GENEVIEVE.

Ton père te saura gré de ton zèle. Mais qu'est-ce que tu tiens donc là ?

BENJAMIN, *ingénument en découvrant le nid.*

Ça , c'est un nid ?

GENEVIEVE.

Et tu as eu la cruauté ?...

BENJAMIN.

Oh ! je n'ons pas de reproches à me faire... je l'avons trouvé tout là-bas , au pied de ce vieux chêne.... le grand vent , sans doute , l'aura fait tomber. (*Lui présentant le nid.*) Tenez , ma mère , les vlà... prenez soin d'eux comme vous faites de moi.

GENEVIEVE , *le prenant.*

Donne , donne ; pauvres petits abandonnés !...

BENJAMIN.

Oh ! ce n'est pas la mère qui les a abandonnés ! Je l'avons vu rôder , battre de l'aile aux environs... (*Tristement.*) M'est avis que c'est plutôt le père qui..... (*Il pousse un profond soupir.*)

GENEVIEVE , *à part.*

Ah ! Mathieu ! Mathieu !

BENJAMIN , *regardant le nid dans les mains de sa mère.*

Ces pauvres petits orphelins !... privés de leur mère !..... ils en mourront !

GENEVIEVE , *avec sensibilité.*

Et leur mère !... privée de ses petits , elle en mourra !

BENJAMIN , *naïvement.*

Vous croyez ! Ah! si je savions où la trouver , je courrions bien vîte les lui rendre !

GENEVIEVE, *vivement*, *le pressant dans ses bras.*

Et l'on dit que tu n'es pas aimable, mon Benjamin ! (*Elle dépose le nid sur la table.*)

BENJAMIN, *les larmes aux yeux.*

O mon dieu ! excepté vous, et ma bonne Catherine, tout le monde dit, comme çà, dans l'village, que je suis une bê...

GENEVIEVE, *l'interrompant.*

Allons, allons, ne te chagrine pas ; laisse dire tout le village, et tâche seulement de contenter ton père.

BENJAMIN.

Il est si exigeant.

GENEVIEVE.

Il desirerait que tu lui fisses honneur !... que tu fusses ben avancé, ben savant... Tu le voudrais ben aussi, pas vrai ?

BENJAMIN.

Oh ! sûrement !

GENEVIEVE.

Eh ben, courage, mon enfant, courage ! ça viendra ; et pisque t'as de l'inclination au travail...

BENJAMIN.

Au travail ? (*En baissant les yeux.*) Oh ! j'en ons ben pour autre chose !

GENEVIEVE.

Comment donc ?

BENJAMIN.

Vous saurez... (*s'arrêtant.*) Je vous conterai çà dans queuques jours.

GENEVIEVE, *avec bonté.*

Eh ben ! quand tu voudras, mon ami, quand tu voudras. (*A part.*) Je nous en doutons. (*Elle va prendre sur la table un fruit et un morceau de pain.*) Tu es sorti de bonne heure, tu as à peine déjeuné... Tiens, prends ça.

BENJAMIN, *prenant le fruit.*

Merci, ma mère. (*Il mange.*)

GENEVIEVE.

Mange, mon garçon, mange, et repose-toi ; (*Benjamin*

s'assied) Attends.... je vais... (*En regardant s'il y a du vin dans la bouteille.*) Oh ! ils n'ont rien laissé!... Quand t'auras fini , tu viendras me trouver ; je te mettrons à part un bon verre de vin ; ça te donnera des forces. (*Elle l'embrasse*). Adieu , Benjamin ; adieu , mon ami ! (*à part.*) Ce garçon-là a plus d'esprit qu'on ne pense !... Si tout le monde le connaissait comme moi , tout le monde l'aimerait. (*Elle prend le nid et rentre.*)

SCENE X.

BENJAMIN, *seul.*

STE bonne mère !... comme alle m'aime ! oh ! je le lui rendons bien !... (*Il se lève.*) Dam , alle n'est pas si difficile à contenter que mon père... alle me trouve gentil!... aimable !... spirituel !... Faut en convenir aussi : depuis que mamzelle Augustine s'est mise à la tête de mon éducation , je faisons des progrès !.... des progrès !.... Oh ! c'est que je l'aimons tant ! tant... et ma mère itou!... Je ne savons quenque fois à qui bailler la préférence...(*avec indécision.*) Ma mère !... mamzelle Augustine !... (*En soupirant.*) Ah ! mamzelle Augustine !... toute la rhétorique de M Béaba ne vaut pas un quart de conversation avec sa jolie petite nièce... Alle m'apprend des choses... des choses ! Je serons trop savant si ça continue. Eh ben... voyez ce que c'est : mon père ne s'en apperçoit pas !... Ah ! mon dieu ! mon dieu ! qu'il faut avoir de guignon !

COUPLETS.

Passer pour un imbécille ,
Un butor , un mal instruit ,
Quand , pour devenir habile ,
Je travaillons jour et nuit !
Mais à tort je me chagrine ;
M'appelle sot qui voudra :
J'plaisons à mon Augustine ,
Faut avoir d'l'esprit pour ça.

Mon père me dit sans cesse
Que j'naurons jamais d'esprit ;
Chacun aussitôt s'empresse
A répéter ce qu'il dit :

B

Mais à tort je me chagrine ;
M'appelle sot qui voudra...
J'plaisons à mon Augustine,
Faut avoir d'l'esprit pour ça.

SCENE XI.

BENJAMIN, BÉABA.

BÉABA, *un peu plus ivre, et portant sous son bras un sac d'argent.*

DIEU merci, j'ai fait la moitié de ma course ! (*Appercevant Benjamin.*) Ah ! ah ! que faites-vous ici, monsieur ? ne devriez-vous pas être à l'école ?

BENJAMIN.

C'est aujourd'hui congé.

BÉABA, *avec importance.*

N'importe : vos camarades s'y rassemblent pour célébrer ma fête ! Si vous n'étiez pas aussi stupide, aussi borné, je vous aurais chargé du compliment ; mais...

BENJAMIN, *en soupirant.*

Aussi borné !

BÉABA.

Un morceau superbe ! un chef - d'œuvre d'éloquence !... (*Déclamant avec emphase.*) *De même que Phébus répand ses rayons bienfaisans...*

BENJAMIN, *ingénument.*

Qu'est-ce que c'est que Phébus ?

BÉABA.

C'est le nom de la lu.... (*se reprenant*), du soleil, monsieur l'ignorant. Mais tout ceci n'est point à votre portée.

BENJAMIN.

C'est vrai. Mais, qu'avons - je besoin de toutes ces belles choses pour vous exprimer ce que je pense ? Je vous dirons tout simplement : « Je vous souhaitons une bonne fête ; je vous remercions de tous les soins que vous prenez de moi ; et pour gage de not reconnaissance, je vous prions d'accepter ce demi-quartaut de vin muscat.

BÉABA.

De vin muscat !... Mon ami, ton compliment n'est pas sans esprit.

BENJAMIN.

Dam, i n'y a pas de phébus ! C'est, tout bonnement, le cœur qui parle.

BÉABA, *à part.*

Ce garçon fera quelque chose.

BENJAMIN.

A propos ? Vous qui êtes si savant, M. Béaba, je serions ben aise de vous faire une petite question ?

BÉABA.

Parle, mon ami ; je ne demande qu'à répandre mes lumières.

BENJAMIN.

Comment se fait-il que je rêvons, durant la nuit, aux personnes à qui je pensons, avec tant de plaisir, pendant le jour ?

BÉABA.

Je vais t'expliquer cela : le sommeil étant le repos du corps, il se fait que l'esprit qui ne se repose jamais.... par le moyen de... la vibration... des fibres... des organes... des... (*Il s'embrouille.*)

BENJAMIN.

Je ne comprenons pas.

BÉABA, *à part.*

Ni moi non plus. (*Haut.*) Je t'expliquerai cela demain. Mais pour m'alléger pendant que j'irai finir ma tournée, va déposer ce sac, un instant, chez toi ; je viendrai le reprendre. Ce sont mes honoraires !

BENJAMIN, *prenant le sac.*

Comme vous êtes riche !

BÉABA, *gravement.*

Quatorze livres dix - sept sols quatre deniers ; allez , mon ami , allez.

BENJAMIN , *rentrant.*

Oui, M. Béaba.

BÉABA.

Cet imbécille a failli m'embarrasser avec son rêve ! (*Il va pour sortir.*)

SCÈNE XII.

BÉABA, AUGUSTINE.

AUGUSTINE , *accourant.*

Ah ! mon oncle, de grâce, accourez promptement ; vos écoliers...

BÉABA.

Je suis à eux dans la minute ; rentrez, mademoiselle , rentrez. (*Il sort avec précipitation.*)

SCENE XIII.

AUGUSTINE , *seule.*

Les petits imprudens !... S'aviser de vouloir brûler des pétards dans la maison ! risquer de mettre le feu !..... le joli bouquet qu'ils donneraient là à mon oncle !.... Benjamin est cent fois plus docile ; il m'écoute , du moins.... Oh ! ce jeune homme a d'excellentes qualités ! Depuis que je lui fais répéter ses leçons , je m'apperçois qu'il fait des progrès chaque jour !... Je ne le négligerai point ; et puisque mon oncle a bien voulu me confier cet élève , je lui dois tous mes soins.

RONDEAU.

Si je pouvais le rendre habile,
Mes vœux seraient tous satisfaits;
A mes leçons qu'il soit docile,
Et je réponds de ses progrès.
Mais je tremble !... Je soupire !...
Je souffre le martyre
Et la nuit et le jour !...
Que cela veut-il dire...
Serait-ce de l'amour ?...

Si je pouvais le rendre habile, etc.

Un regard trop sévère,
Quelquefois, interdit ;
Pour trop vouloir bien faire,
Souvent on s'étourdit.
Benjamin est sensible,
Eh ! pourquoi l'affliger ?
Tout lui sera possible...
Il faut le ménager.
Mon oncle, trop sévère,
Bien souvent l'interdit ;
Moi, d'une autre manière,
Je forme son esprit.

Si je pouvais le rendre habile, etc.

SCÈNE XIV.

AUGUSTINE, BENJAMIN.

BENJAMIN, *sortant de chez lui.*

AH !... c'est vous, mamzelle Augustine ?

AUGUSTINE.

J'étais venu pour avertir mon oncle...

BENJAMIN.

Il me quitte à l'instant.

AUGUSTINE.

Je lui ai parlé, et je m'en retourne bien vite à la maison.

BENJAMIN.

Quoi ! sitôt?... Demeurez encore un moment.

AUGUSTINE.

Seule, avec vous ?...

BENJAMIN.

Vous savez ben que je suis honnête !

AUGUSTINE.

Il est vrai, mais...

BENJAMIN.

J'ons tant d'plaisir à vous voir !...... tant de choses à vous dire !... (*Il s'arrête par timidité ; Augustine baisse les yeux ; tous deux gardent un moment le silence.*)

BENJAMIN , *à demi-voix.*

Mamzelle Augustine ?

AUGUSTINE.

M. Benjamin ?

BENJAMIN.

Vous resterez... pas vrai ?

AUGUSTINE , *naïvement.*

Vous voyez bien que je ne m'en vais pas ?

BENJAMIN.

Oh ! queu bonté !

AUGUSTINE.

Je crains bien qu'il y ait plus que ça !

BENJAMIN.

N'faut pas craindre , mamzelle : une preuve d'amitié n'est pas un manque de sagesse ; et s'il est vrai que vous ne me haïssez pas...

AUGUSTINE.

Je ne hais personne, M. Benjamin.

BENJAMIN.

J'ne dis pas cela !... mais vous êtes si agriable ! si gentille !... si... que vous plaisez à ben du monde !

AUGUSTINE.

Cela vous fâche ?

BENJAMIN.

Oh ! non, mamzelle, ben au contraire ! ben au contraire !... Stapendant, j'voudrais que vous ne plaisissiez qu'à moi seul.

AUGUSTINE.

Ah ! vous êtes jaloux ?

BENJAMIN, *ingénument..*

Un petit brin.

AUGUSTINE.

Fi ! cela n'est pas beau.

BENJAMIN.

C'est si naturel quand on aime !

AUGUSTINE.

Dites, quand on n'a pas de confiance !

BENJAMIN.

Oh ! pour de la confiance...

AUGUSTINE.

Apprenez, Benjamin, que si je donne une fois mon cœur, on pourra compter sur ma fidélité.

BENJAMIN, *vivement.*

Oh ! j'y comptons, mamzelle, sur votre fidélité ; j'y comptons !... et... (*Il veut lui baiser la main.*)

AUGUSTINE, *la retirant.*

Que faites-vous ?... Si quelqu'un passait...

BENJAMIN, *respectueusement.*

C'est vrai ... faut respecter ce qu'on aime !

AUGUSTINE, *avec un peu d'humeur.*

Vous m'en donnez bien la preuve !

BENJAMIN.

Pardon, mamzelle., pardon !

AUGUSTINE.

Voilà déja plusieurs fois que...

BENJAMIN.

Ça ne m'arrivera plus.

AUGUSTINE.

Vous m'avez dit cela si souvent !... En vérité, vous n'avez pas plus de mémoire à cet égard que pour vos leçons.

BENJAMIN, *avec assurance.*

Pour mes leçons !... Oh.! je parierais ben répéter la dernière sans faire une seule faute.

AUGUSTINE.

Vous pourriez perdre.

BENJAMIN.

Gage un baiser !

AUGUSTINE, *avec retenue.*

Je ne joue pas si gros jeu !

BENJAMIN, *cherchant son livre dans sa poche.*

Tenez, pour vous prouver...

AUGUSTINE.

Une autre fois ; il se fait tard... et... (*Elle va pour sortir.*)

BENJAMIN, *lui barrant le passage.*

Oh ! vous resterez.... Vous m'avez attaqué dans mon honneur, mamzelle ; faut que vous m'écoutiez.

AUGUSTINE.

Impossible pour le moment.

BENJAMIN, *la retenant toujours.*

Vous m'écouterez... Vous m'écouterez !... (*frappant sur son livre.*) On ne condamne pas les gens sans les entendre.

AUGUSTINE, *cédant.*

Ah ! mou dieu ! mon dieu !... Voilà un écolier qui finira par devenir mon maître ! .... (*Elle va s'asseoir sur le banc placé à gauche du spectateur ; Benjamin la suit, s'assied à côté d'elle , et la regarde un moment sans rien dire ; Augustine continue :)* Eh bien ! voyons donc cette leçon !

BENJAMIN.

C'est sur la reconnaissance.. C'est un ben joli mot que *celui-là.*

AUGUSTINE.

Le plus beau de toute la grammaire !

BENJAMIN.

Y en a z'un autre qui est encore ben agriable !

AUGUSTINE.

Lequel !

BENJAMIN.

Amour !

AUGUSTINE, *baissant les yeux.*

Je ne me souviens pas de vous l'avoir fait épeler.

BENJAMIN.

Oh ! je l'ons appris tout seul ; mais , stapendant , c'est vous qui.....

AUGUSTINE, *troublée.*

A votre leçon , à votre leçon ; vous voudriez me faire oublier la gageure.

BENJAMIN.

La gageure ?... M'y v'là !

DUO.

AUGUSTINE, *assise , tenant le livre , et questionnant son élève d'un ton grave.*)

Qu'est-ce que la reconnaissance ?

BENJAMIN.

C'est un devoir flatteur ,
Qui , d'un bon cœur ,
Devient la jouissance ,
Et nous fait
D'un bienfait
Offrir la récompense.

AUGUSTINE.

Fort bien ! vous faites des progrès.

BENJAMIN.

Oh ! certainement, que j'en fais !

AUGUSTINE.

Des progrès inimaginables !

BENJAMIN.

Oui, des progrès imaginables !...
Mais, c'est à vous que j'les devons.

AUGUSTINE.

Poursuivons, poursuivons.

BENJAMIN, *en la regardant.*

Que tous ces traits sont agriables !
Ces yeux charmans, ce nez fripon !...
Ce joli petit bec mignon !...
Et ces...

AUGUSTINE.

Perdez-vous la raison ?
Cela n'est pas sur cette page.

BENJAMIN.

Je l'voyons sur votre visage...
Y a de quoi perdre la raison !

AUGUSTINE.

Revenez à votre leçon.

BENJAMIN.

Y a de quoi perdre la raison.

*s s? l) vent et s'avancent sur la scène ; pendant la ritour-
nelle, Augustine troublée laisse échapper son livre ;
Benjamin le ramasse, et le lui donne.)*

AUGUSTINE, *reprenant le ton grave.*

A qui doit-on de la reconnaissance ?

BENJAMIN.

A ceux de qui nous tenons la naissance,
Qui prirent soin de notre enfance,
A tous ceux qui nous font du bien.

A U G U S T I N E.

Fort bien! fort bien !
Tant de progrès sont incroyables !

B E N J A M I N, *toujours distrait.*

Que tous ces traits sont agriables ,
Ces yeux chàrmans , ce nez fripon ,
Ce joli petit bec mignon!
Et ces. . .

A U G U S T I N E.

Perdez-vous la raison ?
Cela n'est pas sur cette page.

B E N J A M I N.

Je l'voyons sur votre visage...
Y a de quoi perdre la raison !

A U G U S T I N E.

Achevez donc votre leçon.

B E N J A M I N.

Y a de quoi perdre la raison ?

A U G U S T I N E, *continuant de l'interroger.*

Qu'est-ce qui porte à la reconnaissance ?

B E N J A M I N.

Une bonne action ;
Le bien qu'on fait à l'indigence ,
Et dont s'honore l'opulence ,
En pratiquant la bienfaisance
Sans ostentation.

A U G U S T I N E.

Fort bien ! fort bien ! je suis contente.

B E N J A M I N.

Que j'suis content de vous voir contente !

A U G U S T I N E.

Chacun de vos progrès m'enchante.

B E N J A M I N.

Je sentons ben que j'en faisons ,
Mais c'est à vous que j'les devons.

ENSEMBLE.

AUGUSTINE.

Vous surpassez mon espérance ! . . .
Je dois vraiment en convenir ;
Vous enseigner est un plaisir ! . . .
Et j'en ai là ma récompense.

(*Touchant son cœur.*)

BENJAMIN.

De tant de soins, tant d'complaisance ,
Ah ! pour moi , mamzelle , queu plaisir ;
Si j'pouvais, un jour, vous offrir
La véritable récompense.

BENJAMIN, *d'un air triomphant.*

Ah ! ça , j'ons gagné la gageure , j'espère !

AUGUSTINE.

Je ne dis pas non , mais. . .

BENJAMIN.

Oh ! pas de crédit , mamzelle ; y a tant de mauvais
payeurs !

AUGUSTINE.

Vous êtes pressant , Benjamin ?

BENJAMIN, (*voulant l'embrasser.*)

Eh quoi ! pour un baiser, faut-il...

MATHIEU, *qui est entré à la fin du duo, s'avance ; il
dit à Augustine , qui se défend faiblement :*

Oh ! vous ne pouvez pas le lui refuser.

(*Augustine interdite s'échappe sans mot dire ; Benjamin de
son côté va pour rentrer chez lui.*)

SCÈNE XIV.

BENJAMIN, MATHIEU.

MATHIEU, *à Augustine qui s'enfuit.*

Eh ben ! mamzelle , eh ben ! je vous faisons peur ? . . .
(*A Benjamin.*) Et à toi aussi ?

BENJAMIN.

Ma mère m'appelle.

MATHIEU.

Eh ! non , écoute ; j'ons queuque chose à te dire.

BENJAMIN, *à part, en approchant.*

Y va me gronder... Mais , à présent, j'avons du courage !

MATHIEU, *brusquement.*

Qu'est-ce que tu faisais-là avec Augustine ?

BENJAMIN, *embarrassé.*

Moi... mon père ?

MATHIEU.

Oui , toi.

BENJAMIN.

Je lui tenions compagnie.

MATHIEU.

Compagnie ?... Jolie compagnie !

BENJAMIN, *ingénument.*

Je vous assure qu'alle ne s'est pas ennuyée.

MATHIEU.

Pauvre imbécille !

BENJAMIN.

Je ne le serons pas toujours !

MATHIEU.

Toute ta vie.

BENJAMIN.

L'amour fait des miracles !

MATHIEU.

Ah ! t'es donc amoureux ?

BENJAMIN, *à part.*

Ce n'est pas le moment de li confier...

MATHIEU, *brusquement.*

Avance ici.

BENJAMIN, *reculant.*

Oui , mon père.

MATHIEU.

[Avanceras-tu?... Eh bien ! tu dis donc que...

BENJAMIN, *timidement.*

Je ne dis rien.

MATHIEU.

Garde-toi de parler davantage à Augustine !

BENJAMIN.

Oui, mon père.

MATHIEU.

Je te défendons de la voir.

BENJAMIN.

Oui, mon père.

MATHIEU.

Tu ne saurais lui convenir.

BENJAMIN.

Alle prétend que si.

MATHIEU.

Son oncle a fait un choix.

BENJAMIN.

Elle a fait le sien.

MATHIEU.

Il ne peut vouloir un ignorant dans sa famille.

BENJAMIN.

J'en savons assez pour gouverner une charrue.

MATHIEU.

Une charrue! Oh ! je te destinons queuque chose de mieux que ça. La charge de ton oncle Bertrand est vacante... mets-toi à même, en ben travaillant, de l'occuper, et je té promets...

BENJAMIN.

Ben obligé, mon père ; les champs m'avont nourri jusqu'à ce jour, je ne sommes pas assez ingrats pour les quitter.

MATHIEU.

N'y a pas d'ingratitude à ça, monsieur, n'y a pas d'ingra-titude ; y faut faire son chemin quand on en trouve l'occasion.

B E N J A M I N.

Chacun son métier ; le mien est d'être laboureur.

M A T H I E U.

Laboureur !... ne v'là-t-il pas un bel état ?

B E N J A M I N.

Le premier de tous ; c'est s'tilà qui fait vivre les autres !

M A T H I E U.

Le biau titre de recommandation ?... Eh ! morbleu, que j'ayons queuque grâce à solliciter en ville ; que j'allions trouver, les mains vuides, queuque procureux dans son étude, j'sommes ben sûr de nous en retourner au village comme j'en étions venu ! Un laboureur, sans contredit, c'est queuque chose... si on le considère ce qu'il vaut... Mais les hommes n'sont pas assez justes pour l'apprécier. Faut mieux que ça pour être distingué dans le monde, mon ami ; faut mieux que ça ; ainsi tout ben combiné, calculé, tu seras tabellion.

B E N J A M I N, *avec résolution.*

Je serons laboureur.

M A T H I E U, *avec emportement.*

Tu seras tabellion, te dis-je ; ou, par la sambleu...

B E N J A M I N, *avec obstination.*

Oh ! grondez-moi, battez-moi ; vous ne me ferez pas chande profession.

M A T H I E U.

Grand obstiné !

B E N J A M I N.

J'ne voulons pas être plus que vous, mon père ; on dit que ça porte malheur !

M A T H I E U, *en colère.*

Silence, monsieur, silence !

SCÈNE XV.

MATHIEU, BENJAMIN, CATHERINE.

CATHERINE, *qui est entrée pour desservir la table.*

Ah ! mon dieu, on gronde encore, je crois, mon Benjamin !

MATHIEU, *en s'échauffant de plus en plus.*

Un ingrat ! qui ne veut profiter d'aucun de mes avis, qui trahit toutes mes espérances ! un ignorant qui ne fera jamais rien ! un b....

BENJAMIN, *en pleurant.*

Me traiter de la sorte ! et devant témoin encore !

MATHIEU, *voyant Catherine, et changeant de ton subitement*

Elle est sourde, mon ami, elle est sourde.

CATHERINE.

Oh ! ne le maltraitez pas, monsieur Mathieu, ne le maltraitez pas ; il est si aimable !... si bon !... si...

(*On entend sonner le tocsin.*)

MATHIEU, *vivement.*

Qu'entends-je ! le feu serait-il quelque part ?

BENJAMIN.

Le feu !

CATHERINE, *regardant.*

Oh ! queu tourbillon de fumée.

BENJAMIN.

Courons... courons !

MATHIEU.

Reste ici ; tu es bien en état...

BENJAMIN, *avec ame.*

Oh ! je vous suis ; pour être utile à ses semblables, ne faut pas d'esprit, il ne faut que des bras et un bon cœur.

(*Il sort précipitamment avec Mathieu.*)

(*Quelques flammes, précédées de fumée, se laissent apperce-voir au-dessus de la maison de Béaba ; plusieurs villageois traversent la colline pour porter secours contre l'incendie*).

CATHERINE, *seule, en parcourant le théâtre.*

(*Le tocsin redouble.*)

Ah ! bon dieu ! bon dieu ! quel accident ! et le tocsin qui ne sonne pas ! . . . Comme la police se fait mal dans ce village ! (*Elle crie.*) Au feu ! au secours ! au feu !

SCÈNE XVI.

CATHERINE, GENEVIEVE.

GENEVIEVE, *sortant de chez elle.*

Qu'EST-CE donc ? Qu'est-ce donc ?

CATHERINE.

Ah ! madame ! tout est perdu ! le feu !...

GENEVIEVE, *regardant.*

En effet, j'apperçois...

CATHERINE, *toujours effrayée.*

Je n'ons plus une goutte de sang !

GENEVIEVE.

C'est chez le maître d'école !

CATHERINE.

Si malheureusement quelques étincelles !.... Oh ! j'allons voir, j'allons voir...

GENEVIEVE.

Va, et reviens promptement me rendre compte.

CATHERINE, *en sortant.*

Ah ! *mon dieu ! mon dieu !*

C

SCÈNE XVII.

GENEVIÈVE, BÉABA.

BÉABA, *tout-à-fait ivre, entre en chantant , par le côté opposé à celui où est située sa maison.*

.Le bon vin est l'ame de la vie !

(*Le tocsin ne se fait entendre que très-faiblement.*)

GENEVIEVE.

Arrivez , M. Béaba ! arrivez ! d'où venez-vous donc ?

BÉABA.

De percevoir mes émolumens.

GENEVIEVE.

Il est bien question de ça !... le feu est chez-vous.

BÉABA, *avec flegme , et prenant du tabac.*

Pas possible.

GENEVIEVE.

Regardez...

BÉABA.

Pas possible , vous dis - je , ma maison est trop bien surveillée.

GENEVIEVE.

Mais encore une fois , la fumée...

BÉABA.

C'est un brouillard.

GENEVIEVE.

Le tocsin...

BÉABA.

C'est le carillon.

GENEVIEVE.

Il extravague !...

BÉABA.

C'est demain la saint Grégoire , mes écoliers me préparent un bouquet, et...

GENEVIEVE.

Ce sont eux qui auront mis le feu !

BÉABA.

Les petits espiègles !

GENEVIEVE.

Ils feront griller tout le village !...

BÉABA.

Ils auront le fouét.

GENEVIEVE.

Mais , allez donc !

BÉABA.

Bon ! Ce n'est qu'un feu de cheminée ; ma femme et ma nièce sont-là pour l'éteindre.

GENEVIEVE.

N'est-ce pas plutôt à vous de.....

BÉABA.

Je ne me mêle pas des affaires du ménage.

GENEVIEVE.

Ah ! bon dieu ! quel homme ! dans quel état !...

BÉABA.

J'ai dix - huit écoliers ; conséquemment, ce sont dix - huit pères qui m'ont engagé à vider bouteille ; mais, par modération, je n'ai voulu accepter qu'un verre de vin de chacun.

GENEVIEVE.

Ça fait dix-huit !

BÉABA.

Ça fait dix-huit. Pouvais - je recevoir des uns et refuser des autres ? cela n'eût pas été honnête.

SCÈNE XVIII et dernière.

GENEVIEVE, BÉABA, MATHIEU, BENJAMIN, CATHERINE, AUGUSTINE, Troupe de Paysans et Paysannes. —Quelques petits écoliers de Béaba.

FINALE.

TOUS LES PAYSANS, *dans la coulisse.*

Honneur ! honneur, à Benjamin !

ENSEMBLE.

> BÉABA.
>
> Eh ! mais ! eh ! mais ! d'où vient ce train ?
>
> GENEVIEVE.
>
> Que parle-t-on de Benjamin ?

TOUS LES PAYSANS ET PAYSANNES, *accourant sur les pas de Benjamin et d'Augustine.*

Honneur ! honneur à Benjamin !
Il est le sauveur du village.

GENEVIEVE et BÉABA.

Comment, le sauveur du village !
Qu'a-t-il donc fait ?

AUGUSTINE, *à Béaba.*

Par son courage,
Il a sauvé votre maison.

BENJAMIN, *avec joie.*

Oui, j'ons sauvé votre maison !

BÉABA, *l'embrassant.*

Brave garçon ! brave garçon !

MATHIEU.

Oh ! viens m'embrasser, mon garçon !

GENEVIEVE.

Il a fait une bonne action.
Oh ! viens dans les bras de ta mère !

AUGUSTINE, *à part.*

Ah ! que ne puis-je en ce moment !
Ah ! que ne puis-je en faire autant ?

BENJAMIN.

Mon cœur jouit en ce moment :
Je venons d'embrasser mon père !

CATHERINE.

L'aimable enfant ! l'aimable enfant !

GENEVIEVE et MATHIEU.

Heureux moment! heureux moment!

BÉABA, *gravement, sur le ton du récitatif.*

L'action que tu viens de faire,
Mon ami, mérite salaire :
Ma plume à la postérité
En promet l'authenticité ;
Et devant tous tes camarades,
Pour que ce trait soit imité,
Je veux avec solennité
Te chanter toutes les décades !

LES VILLAGEOIS, *avec admiration.*

Le biau discours que ça fera !...
Qu'il est savant not Béaba.

MATHIEU et GENEVIEVE.

Ah ! de plaisir, mon cœur battra,
Quand il fera
Ce discours-là!

BÉABA.

Vous m'entendrez !... ce discours-là
Fera du bruit dans le village !

TOUS.

Honneur ! honneur à Benjamin !...
Il est le sauveur du village !
Chantons, chantons tous en refrain,
Et son bon cœur et son courage !

BÉABA, *commençant à se dégriser.*

Mais le feu était donc considérable ?

AUGUSTINE, *avec chaleur.*

Il avait embrâsé toute la cheminée, et communiquait plus avant, lorsque Benjamin est accouru ; il voit le danger, s'y précipite, et abat la cloison qui sépare la classe d'avec votre cabinet...

BÉABA, *vivement.*

Mon cabinet !

AUGUSTINE.

La flamme y pénétrait déja...

BÉABA, *avec exclamation.*

Ciel !... et ma cassette !...

BENJAMIN.

Oh ! j'avons eu le bonheur de la sauver !

BÉABA.

Ah ! mon ami! mon cher ami ! je te dois plus que la vie !... les effets qu'elle renferme...

BENJAMIN.

J'ons ben vu que c'était quieuque chose de précieux ! Il y avait écrit dessus... *Dépôt.*

BÉABA, *avec ame.*

Le plus sacré de tous !... C'est la fortune de M. de Valmont !... de notre bienfaiteur !.... (*avec transport.*) Ah ! mes amis ! mes bons amis ! quel plaisir j'aurai à la lui rendre , en lui apprenant qu'il peut rentrer dans ses foyers ; qu'il est rendu à sa famille , à ses amis !

BENJAMIN.

Oh ! combien je nous réjouissons d'être arrivé à temps !

MATHIEU.

Bien , mon Benjamin ! bien ! tu me prouves que je t'avions mal jugé.

GENEVIEVE.

I ne faut jamais désespérer d'un bon cœur !

BÉABA.

Oh ! ce n'est pas tout que des éloges !... Il mérite une autre récompense... M. Mathieu ?...

MATHIEU.

Qu'est-ce ?

BÉABA.

Vous connaissez l'amour de nos jeunes gens...

CATHERINE, *à part.*

Comme ils se regardont !

BÉABA.

Si vous voulez, c'est une affaire faite.

MATHIEU.

Très-volontiers.

GENEVIEVE.

J'y consentons.

BÉABA.

Allons , mes enfans , soyez heureux ! (*Il les unit.*)

CATHERINE.

Ah ! bon ! on les marie.

MATHIEU.

J'ferons la noce chez nous.

BÉABA, *vivement.*

Vous fournirez le vin.

GENEVIEVE.

M. Béaba , carte blanche pour aujourd'hui et demain ; mais à l'avenir....

BÉABA.

Madame Mathieu , je vous jure..... je vous promets de me corriger.

VAUDEVILLE.

BÉABA.

OUI, je saurai faire abstinence
De ce perfide et divin jus;
Je veux enfin que la prudence
Tienne la coupe de Bacchus.
De la liqueur dont je raffole,
Je dois appréhender l'effet...
Quand le maître est au cabaret ,
Souvent le diable est à l'école.

GENEVIÈVE.

Si l'étude et la patience
Ont queuq'fois créé le talent,
Bon cœur vaut mieux que la science ;
Not' fils le prouve en ce moment.

MATHIEU.

Pour mieux rendre ici-bas son rôle,
L'honnête homme prend des leçons;
Mais plus aisément les fripons
Trouvent de bons maîtres d'école.

BENJAMIN, *à Augustine*.

Par vos soins, votre complaisance,
Si je suis devenu savant,
J'emploîrai toute ma science
A me montrer reconnaissant.

AUGUSTINE, *à Benjamin*.

Mon ami, pour tenir parole,
Et m'offrir un juste retour,
Ne demandez leçons d'amour
Qu'à votre maîtresse d'école.

LE CHOEUR.

Benjamin, pour tenir parole,
En offrant un juste retour,
Ne recevra leçons d'amour
Que de sa maîtresse d'école.

FIN.